歌集

Eclectic

中森舞

＊目次

Eclectic

手のひらに春

頑なをふいに緩めた手袋の隙間すり抜け手のひらに春

胃薬を一匙舐めるときのよう切実なのにちょっと怯えて

ひとりだけ傘を差してるあの人に降ってないのと言う前に雨

三日三晩とうとうひとつになるまでのありふれた手順うっとうしいのに

寂《さび》しさを少し持ち寄り合わせるとだんだん減るという方程式

ほんとうは優しくないと思いこむことであなたを裏切ってみる

私だけあたためないでコンビニの灯りが言うのいいこいいこね

とりとめのないこと紙に書き綴り丁寧に折り夕闇に放つ

何百年前に誰かのため溶いた油絵の具の前は静かで

信じたり信じられたりしていると罵りあって勘違いする

色味だけお湯に溶かしたコーヒーの希薄な味に救われる午後

あなたまで届かないから一歩目はサンダル飛ばす明日は晴れる

片方の羽だけ残った虫が這う手の甲に青い青い血管

登ったら降りられないと鉄塔の真上焦がれて風船を放す

終電を逃《のが》せばよいと靴下を片方隠す薄暗い犬

Edge

もいだときずっしり重いむいたときすこし淋《さみ》しい　肌寒い春

ふんわりとしっとりを兼ね備えてねパウンドケーキの重さの心臓

憧憬の渇き五月の熱中症　きらいなあのこはきれいなあのこ

アスファルトが濡れた匂いのブレザーね　暴れん坊のお部屋はここよ

握りしめ潰してしまった赤い実を拭った手のひら青い実の匂い

「手に〝て〟って書いてある」って言うきみの右手の代わり置いていってよ

通るたび数学研究室のドア白い指紋が欲しいの先生

ポッキーをくわえるようにカッターの柄をくわえてる夕暮れがくる

教室の強化ガラスが透明で生暖かい過去になる鳥

髪の毛がプチンと切れて絡まってボタンに残る関係にして

配役はかけ離れているほうがいいだからあなたは決めた野良犬

美少女になれよ2Bの鉛筆でダビデに睫毛増やす恍惚

期待って生温《なまぬる》いんだね太もものやわらかさよりいやらしいんだね

夕暮れのあのこがいない教室で優しくされると優しくなれない

「見下ろしてばかりいるのが淋《さみ》しくてキリンの睫毛は長いの」と嘘

ラララララ横顔がほら冬よりも澄んで今にも消えそうに歌う

前髪を上げたあなたの刈り上げた項をざらりざらざら、終わり

おいしいとかわいいは一緒、ねむたいとただしいは一緒、まばゆいは孤独

いとこんのあいだのおつゆてててとととてててとととと雨が降り止む

煮卵を一口で食う咀嚼して再びひとつ魂を食う

ひとまわり小さくなった消しゴムは消した指さえ忘れてしまう

せいせいとしたわ　きみからぶん捕ったビニール傘が吹き飛ばされて

吹けよ吹け吹いて根こそぎ持って行け身ぐるみ剝いで巻き上げていけ

砂浜で転んだ膝の血に砂が混じりスタンダールのような高揚

星

クレーンで吊り上げた骨対岸のジャングルジムから見れば星です

縞模様しているキリン数えてく開発途中の街に飼われて

百分の一スケールのこの街の立体交差に指を差し込む

出鱈目にペンであなたがあけた穴　百億光年先の星のよう

中心に抱えてるもの傾けて回転してる星に住んでる

電柱の隣にたたずむ赤い傘　終わるたばこの火に触れる雨
地下鉄が窮屈なのはこの星に穴があくこと憂うためだと
明け方のあの子の静かな寂《さび》しさを確かめるため眠りたいのに

ぽつぽつと星を吸い込むスポイトがあれば宇宙の謎も解けるわ

ひねくれてねじれねじれて脆くなり折れた針金、捨てられぬまま

二四六、荒野で結んだ靴紐を結び直して白線を越える

足首の青い血管あの街の高速道路をなぞるみたいに

発光する未確認飛行物体の行方を追って、　または愛して

衛星が地球を半周したらまた背中を見せて大きな背中

「あの星はないかもしれない。光だけ残ったんだろ」あなたは遠い

ままごと

塩・胡椒ぱらりぱらぱらぱら振るような気安さの味　あいじゃないキス

見下ろせば世界が霞むほど高いジャングルジムで足を揺らすの

もし僕が迷うとしたらあなたから罪の気配が消えたときです。

あたしから取り上げないであなたからじっくり眼鏡、はずす恍惚

閉めた窓　僕の眼鏡に人体の冷えていかない熱がこもって

てっぺんで東京タワーとわかるならつま先だけであたしとわかって

震えている犬の背中が二時半の睫毛みたいだ眠った君の

狼は人差し指が痛いこと内緒にしてる狼だから

カメムシを躊躇うことなく踏みつぶす素足の子供と手を繋ぐひと

小指から順に名前をつけていく味見する指きみの名にする

君がひねった蛇口の水で満ちていくそして溢れるバスタブが僕

心臓と小指は遠く繋がってぎゅっとされたらぎゅっとなります

君の首緩やかにしめる一日中　光ついばむ華奢な鎖が

確かめてあたしの隅々灰になる日が来て土に還るとちゅうも

スキップでふたり裸足で水たまりじゃぶじゃぶ越えて行ってどうする

あたしにはお金にならない才能しかないけど一緒にいてくれますか

ななつぼし真似て交互にくちびるで曇るガラスに点を打つ夜

もし少しあたしに分けてくれるなら奥からみっつめの歯をちょうだい

ブレスレットが手錠に見える　また腕を掴もうとして僕は躊躇う

泣きそうなあたしに少し少しだけ冷たい水を水をやってね

一秒の長さを計り決めたひと孤独か恋を持て余したひと

ゆえに五月を

色っぽい。ふたり向き合い黙々と魚の背骨折れずに抜けて。

張りついたレンズを剥がす真夜中は一寝入りした愛、呼び覚ます

管《くだ》と管《くだ》繋ぎ合わせただけなのに混雑してる内臓の位置

熱湯を線まで注ぐぼんやりと従うことに慣れすぎている

一年でいちばん涙のぬくもりと五月は近い、ゆえに五月を

音楽にあいされている怪獣が暴れる檻を日常という

天才のなにがわるいの？しなやかにたこやきのたこ真っ直ぐ射抜く

一日の不足補うサプリ飲み　なにかが充ちてなにかが果てる

なんとなく遠回りをして生きたくて帝国ホテルで革靴を磨く

透き通るわたしと目があう地下鉄の闇の向こうはマンタのゆらぎ

遅延する電車のなかは霧状の他人行儀で行き先が不明

目薬が喉に届いて舌の上苦くなるのに似ています、空

おおらかな冬のひかりがお茶漬けの海苔をきらきらきら朝帰り

さみしさを丁寧に剝ぐ丁寧にあらわれたもの肌でくるんで

わたしじゃないわたしを纏いわたしのふりわたし怖くてわたしのことが

魂を信じちゃいない肉体を愛しちゃいないカップヌードル

指と指の間に残る水中で生きようとした名残をつまむ

たやすさとやさしさをすり替えてしまうゆっくりと引く糸に風船

花を摘む（きみが生まれた頃はもう恋をしていた）花を摘む、旅

ねぇハロー、グッバイ、戻る道のないたまごがかえるまでのえいえん

イグアナを飼う

海風に乗れないカラス満員の横須賀線が追い越した九時

身の丈を知らぬ路上の空き缶をここより高く蹴り上げてみて

参考書片手でめくるでたらめなサーフィンもする秋の海です

なぐさめに巻きつける腕　無意識に互いすり寄るキリンにも似て

三分間お湯さしてから食べるまで君のつむじを思い出してた

瞬きのたびにみるみる育つ白　まぶしさの単位「瞬き」とする

日ごと夜ごと容易に不穏になる胸の森に一羽の飛ばぬ小鳥を

波間から零れた音が儚くて人魚が泡になったと君は

スカートの裾を握って真夜中に両足で立つ人魚みたいに

イグアナを飼っていそうとからかわれ泥濘む胸にイグアナを飼う

水滴が湖になる足音が近づいてきて濡れるまで待つ

むかしむかし病に効くと銀色のナイフで傷をつけたガジュマル

平凡な自動制御の音がして物憂げなレール海を渡るの

寄り添うと花びらになる風が吹く君の名前は春に呼ばない

黙ってるカカシの首に嘴を入れたカラスの淋《さみ》しさと似て

タイムリープ

ひとりだけ声を失うまじないをかけられたかと思った魔女に

噛み砕く蜂蜜入りのビスケット時給いくらできみはこねたの

繋がらないレールを覆う枯れ草と枯れない草を平等に踏む

胃の中がアフリカの草で満たされた象ならそっと還りたい土

ライオンは鬣がある金色のあなたの産毛なぞるときふと

いま決めたルールで遊ぶ　真新しい国だけがもつ旗のまばゆさ

手のひらをぺろぺろ舐める名前のない小さく黒い不自由な野性

退屈は冷蔵庫の音、午後三時、流しに捨てたコーヒーの色

乗り過ごし向かいの電車に乗り直しタイムマシンの設計図描《か》く

逃げるには半端な街は牛丼とコショウの効いたスープの匂い

背脂が浮いたスープと逢引きと15インチの野球中継

新聞の端で見かけたものがもう見つけられない街で生きてく

日々

アスパラがニョキとひとりで地面から生えてくること感謝してるの

同じ窓同じ住所の同じ屋根同じ間取りの知らぬ生活

舌をだす犬の気持ちで布団からだした足裏蒸発しそうで

ピンと張るトマトの皮に楊枝さす感触みたいないじわるやめて

鮭缶の骨取り除く箸を見て痩せたヒグマの爪先を思う

やわらかくなれよコーラでほろほろときみの片割れ煮込む代わりに

百鬼夜行のようなキッチン鍋が鳴き夜型人間いんげん茹でます

想像で育った私は私より私のことを見透かすでしょう

どこからか伝い入った蟻一匹惑うテーブル越しに振られる

傷ついていないと虚勢を張るための青唐辛子を泣きながら噛む

ぬるま湯が水になるのはいつでしょう。確かめようと指を浸して。

おとなしい顔していれば白亜紀のまばたきを経てまつげは抜ける
ひとつだけ掛け違えている隙間から覗いたへそのくぼみひたひた
こういうのなんていうのと問うことも小骨が多くままなりません

夜の底眺めるような魚と目、合わせられずに生姜をちらす

線香の煙で見える春の風あちらのおじいちゃんも甘党

十分程かかると言われあきらめる鯛焼きの皮、きっと甘いわ

「黒糖と練りごま・ラー油、酢は少し」前世も食べた味なのでしょう
頬張ればひゅるるるるるる肉汁があふれイソヒヨドリが飛び立つ

愛せない人

たぶんすぐあなたは誰かと手を繋ぎその手を誰とも比べないひと

「ほっといてこれでも都会の真ん中で生き抜いてるの」と猫が鳴くから

インスタントラーメンの吸うお湯くらい有益なかんじ、きみにあげたい

とろけてくチーズの熱が不似合いな侘しいパンを分け合いたいよ

白玉をこねているときふと君の良いところなど反芻してみる

ときどきはどきどきさせて　見慣れてる廊下になぜか絹さやのすじ

きみの家にきみと惰性で暮らすひと温《ぬる》いビールを飲み干していく

手は届く距離でもまだ手は離せない足の指でもげんまんできれば

内腿が柔らかいこと包丁で皮はぎながら思い出してる

肉体の時間は移ろうおぼろげなヒットナンバー歌い出す風呂

擦り寄って甘えたきみの背中からフライドポテトの匂いがしてる

きっといま幸せだって足の裏合わせっこして勘違いする

本能とないものねだりが揉むための脂肪があってほんとよかった

ぶら下げたレジ袋からしあわせの形が見えるなんて言うなよ

いやだよ　理想主義者のおむすびの余った海苔をどうすればいい？

明日からしいたけとエビを交換し食べさせることできなくなる罪

あくびしてなみだがでるとそばにいてこどもだなっていわれたくなる

私だけあきらめた実があちこちで甘く熟して食べ頃になる

ずるいんだこんな夜でも生真面目の眼鏡を決してはずさずにいて

ラー油舐め舌が痺れていく夜に箸が止まってさよならになる

この指に止まれあなたを好きな人あなたを好きでも愛せない人

ぐるり

真夜中の横断歩道を点滅とほんの少しの反省と渡る
朝焼けが私の影と重なって私の夜が空に溶けるよ

半袖のTシャツが叫ぶ「freedom」まだ君を夏に繫ぎ止めてる

運命じゃないからなんてそつのないセリフ練習してそうな鼻

駆け込んだ回転ドアで耳鳴りがしたらふたりを閉じ込めてほしい

黒猫が駆け抜けていく真っ黒な私の影の心臓の上

海に立つキリンが海を舐めて泣く欠けた体の向こうから雨

制服に着られてるきみ小突きあう肘が鳩尾甘くえぐるわ

ぐるりって〇・五ミリのペンで囲うマルではなくてぐるりで囲って

奥まった暗い文庫の書棚前　埃と嘘と落ちこぼれを嗅ぐ

頭上から雄しべと雌しべ迫りくる夢みて人ってなんてちっぽけ

二号車の乗客のなか君だけが今日が終わった顔をしている

エビアンのマグネシウムが骨となるときなど知らず生きていくでしょ

殴られた火曜日　桜、はらりらと君の鎖骨に不時着をする

小指

右目からあなたが滲み世界一小さな海の満ち引きを知る

人肌の季節でしたね、さよならは弟が棲む五月の小指

輪郭を縁取りながら走り去る風で体のかたちに気づく

（水滴で）役目失う（水滴で）貼りつかない（水滴で）セロテープ

目を閉じた正午を告げる時報には数多の青い魚が泳ぐ

真っ白な手の人々に見送られ岸辺へ沿ってまたたく蛍

大雨に足跡が消え地図が消え混沌と消え彼が消え――

飛んでいる車輪の数を数えます。あなたの街に破片は落ちない。

手を繋ぐ　あの日の丘の静けさと水分の抜けたパパの二の腕

「赤錆」とざらりと指で撫でられた耳たぶの穴　熱、持て余す

手のひらをすり抜けた鮎　清流はこの先にない暦が変わる

読み方を知らぬ街より便りきて架空の地図を描《えが》き続ける

「夜明けまで九月でいいわ」無灯火のタクシー乗り場で木犀は散る

総意として払ったとされ一枚の赤い羽根もらうほんとうに怖い

「耳たぶのぶどうですか」と囁かれ首筋は秋　真珠が揺れる

霧深い苔むす森の菌床にあなたの小指生えていました

月と別れる

だんだんと温《ぬる》くなる夜だんだんと長くなる夜、覚悟していて
VIPバルコニーからフロアーの渦を見下ろす靴紐の揺れ

横顔を楕円に照らす真っ青なライトはまわる　衛星として

耳元で囁かれても震えない耳の産毛を湿らせるだけ

音圧の海は洪水　水没し水底に立つ Air Jordan と

一斉に識別不能の影は揺れ産毛はブラックライトで光る

ほら、モヒート　途切れぬ青い光線を避《よ》けてライムを齧って踊る

人波を縫うほど肌の湿り気とジントニックの瓶が溶け合う

ぶつかった肩から夜が溢れゆき伝ってゆくわ　皮膚だけになる

音と音継ぎ目は溶ける絡ませた指のほどける溶ける継ぎ目は

たぶん人は触れ合う前に触れ合える溺れる前の水面《みなも》のように

点滅と轟音の波・爪先という名の尾鰭・縋るブレイク

テーブルに飛び乗るきみの恍惚はスローモーション　瞬きもせず

溺れましょう肺まで水で満ちるよう深夜に泳ぐイトヨリの肌

瓶底のジンを痺れた舌先へ滴らすうち迷い子になる

ずっとずっとディレイが止まずしがみつく骨のない腕からのおやすみ

例えるならきみがどこかで行き倒れ失いかけた意識の景色

肉体と離れられたら密やかにレイ・ハラカミの音に棲みたい

始発から夜を引きずる体降り足音たてない月と別れる

喪失または代替と選択

羯諦《ぎゃーてい》はサンスクリットの音訳と声ならぬ声聞きながら、ふと

片面に塗ったバターの塩分を上唇を舐め、分かち合う

梳かしても梳かしてもまた絡まったあなたの編んだほどけない髪

「ようこそ」が半分消えた地図のもと迷子になった場所へ行きたい

トランプで繰り返し塔を建てていた私と誰かと誰かの指よ

髪の毛を乾かすまでの浮遊感うりざね顔の幽霊になる

右利きの不自由寝間着のひとつめの釦はいつもはずされている

行き倒れの人魚になるのワン・トゥ・オー　喪失または代替と選択

絶え間ないフューチャーベース一晩中踊れ踊れとジゼルは笑う

二人ほど並べば幅はいっぱいの路地からあなた、ひたひたときて

スクランブル交差点では鰭を閉じ東京生まれの振りをしてます

三十一センチあまりを切り離す記憶ではないものになる髪

無い物ねだり

今日、電波重なりあったか微弱でも細胞中のアンテナに問う
「水まわりのことならお任せください」と。それでは、私の蛇口を止めて

幾何《いくばく》かほてり残してそろそろと幾何学模様のスカートを穿く

女偏ぐるぐる塗りつぶしたボールペンのインクになってしまいたい

一年のなかで数分温もりを忘れる夜に呼んでください

また一匹つぶした手の血を拭うたびあなたの血だと思い込みます

あの人の見えない椅子に座れたら無い物ねだりが消えるでしょうか

ため息は引火しそうなほど乾き煽られやすい焦燥の代わり

想像する太い背骨に指は這わせ内《うち》からずるり、 抜き出す感触

誰にでも言える台詞をひとりずつ囁いていく黄昏の人

あわいから霧が消えゆくこの窓でさよならを二度くちにしました

糸偏に色としたため曇天の午後二時　砂と指が濡れるわ

吸い込むと愛した男の背中から炭火焼き鳥屋さんの匂い

すぐ過去になるものばかり集めては今を掴んだつもりでいるの

この部屋も私の身体もあなた分、飽和するから水滴になる

背中だけ私にくれたということにしていてほしい振り返らずに

恋しさは目減りしていく淋しさは有耶無耶になる　春は平気です

口笛を

口笛を吹いているんじゃないんです。胸から熱をだしてるんです。

噛み跡の歯形薄れて一昨日の湿った皮膚の味も薄れて

片足にくちびるを寄せこの足が必要だった夜を数える

生まれたらなにかとさよならしたことを慈しめるよう臍の緒をきる

目が覚めていちばん最初に見るものに置いていかれる夢を見ました

鼓膜まで震えるような大声を唇閉じたままで聞かせて

小鳥から声を消したら星ひとつ消えた宇宙のような目だけが

ドア越しの戻ってこない恐竜と噛みつきあって滅んでもいい

デジタルの一秒刻む点滅を時間と呼ぶの今夜はやめて

海岸の風で感じる塩分を鎖骨の上で見つけてしまう

この靴の踵を鳴らし飛べるなら青空じゃなく曇天がいい

いつか去る白い吐息を憂うよう跡形もなく霜柱踏む

革靴

たった日暮れまでにひとつの固有種も見つけられずに凡人に戻る

体調が芳しくないと部下に告げ汽水域から逃げる亀追う

革靴と濃紺の背広、六月に期限の切れる定期券、槍

へばりつく靴底の泥　目を滑る百項目の契約書思う

要因のひとつは旅を知らぬこと見送ってしまう遮断機の音

日常の証明としてレシートをダイレクトメールを何回も読む

行き先は想像しない東京で見知らぬ背中と歩いてくコツ

人形《ひとがた》に染みついたもの消していく横断歩道を渡る革靴

退屈なやりとりだけど延々と続けばよいとシャチハタを押す

おざなりの形をしてる筆跡を機関銃似のホチキスで打つ

Enterを叩いた指は打ちのめすつもりはなかった彼の仮面を

渇きます。西日とプロジェクターの熱、志望動機のつまらない彼。

噛み切った梱包材の味がまだ消えないせいで飲めないジュース

ブラインドが無残に折れた窓際で上司は「笑え」と歯並び見せる

ロースかつ食べながら思う強肩の高校球児の放物線を

ほっぺたをおなかにのせて十二時間勤務のわたし、おかあさんに溶かす

残高の桁を数える勤勉なＡＴＭはひひっと笑う

オフィス街の日影へゆっくり降り立ったカラス、私の虚《うろ》をついばむ

ギシギシと疲労度と比例して軋む二分遅れのバス降車する

つつがなく暮らしています、唐突にビルが一棟消えゆく街で

夜の違和感

夜からの使者にあなたの片足を渡して私、汽車に乗ります
惑星を見つけて胸が鳴るような声で私を抱きしめるひと

親指を握る強さでわかったかわからないかを伝えて、そっと

昼間より親しくなって歯並びの偏り気づくよこしまな舌

潜り込む羽毛の中の暗がりの摑み損ねた小指ひんやり

夜みたいな色のタイツに足通すあなたの夜へ迷い込んでく

舌の上のせれば糖衣溶けだして不安の味は苦いこと知る

遠いこと気がついてから星のことあなたは星と呼ばないのでしょう

砂つぶのような湿疹触れぬまま「雨が降るね」と離れゆくきみ

歩道から溺れていくの足冷えて山手通りの海、渡れない

大雨が降り続いたら箱船の材料として骨を使って

気怠さでアイスクリームが溶けてゆく室温二十八度の仮初め

まず問いを持つということベランダでビールをあおり泣くということ

向かい合い互いに左右非対称確認しあうためのくちづけ

十四時間三十五分の昼を抜け短い夜の踊り子になる
あの街で雨が降ってるこの街でわたし待ってる枯れそうな合歓《ねむ》

夏祭り

御囃子に懐かしく濃くたちこめる青い雛《ひよこ》のような不安よ
綿飴の膨らみを待つ額から流れる汗の甘そうなこと

底の浅いプールで泳ぐ琉金は尾びれで描《えが》くＳＯＳと

異界へと立ち入らぬよう参道は三原色としょうゆの匂い

過去からの幼子が問う「綿飴を食べたの？」白い背をした鳩は

「風船をおひとつどうぞ」指に糸からめたままで渡れない橋

蜃気楼の揺らぎはどこかおいしそう無呼吸となる水飴と豆

大声は子供のように張り上げよひとりで生きるための練習

もういいかい　砂利道を抜け靴を脱ぎ小さな砂利を俗世へ放る

ちかちかと（思い出したくありません）青信号が終わりかけてる

あ、光の感受装置はここにある頬の産毛に触れてゆく月

すぅるりと短い睫毛をなぎ倒し頰つたうもの　明け方のミルク

林檎と川

終着が海であればとゆび食《は》めば　川を流れる川を、流れる

てのひらに納め傷んだ紅玉の皮膚の欠片をペティで剝《は》がす

剝《む》いた皮の夕暮れ色を選《よ》り分ける微かにあまい指先の微熱
くつくつと砂糖水だけ色づいて薄まってゆく林檎の記憶
忘れていたわけではないのあの雨を川の流れを瘦せた小指を

麺棒でのしながら思うあなたなら落ちた林檎を樹に戻すでしょう

丁寧に包んでみます数学の苦手なひとのあみあみのパイ

体温で溶けてゆく生地二百度のオーブンのなか溶けずに宿る

「むかしママは」言いかけたまま焼き立てのアップルパイを頬張ってくれ

なだらかに許す

冷たさが私の指のかたちしてあなたの乳首つぅと尖らす

震えている小鳥の羽を毟りとろうとしている夢で私は羽で

一ヶ月遅れの夏の気怠さとモハヴェ砂漠の更新を待つ

今週は道路の上で翅が鈍い青のまま逝く蟬を三匹

ピアソラが鼓膜の奥から響くとき飛ばない蝶の翅は震える

思慮深い指が辿った順に鳴る音をいつまで隠せるでしょう

対岸へあなたを漕いでつむじからつめの先まで黄昏を知る

もう一度眠ろうとして目が覚めた明け方透明人間と添い寝

吸い付かぬへこみへ指を差し入れるなだらかに許す日々のけだもの

雨水の滴る肢体振り返りノウゼンカズラの散る音がする

昼と夜の境界線を引く揺らぎレスリー・チャンの震えるタンゴ

美しいふくらはぎから少量のあの世の匂い　糸がほつれる

肉体を持たぬあなたと手を繋ぐ音を失うイグアスの滝

さみしいよ、性器はひとつしかなくて対蹠点に灰みの赤を

等価交換

痺れている小指でなぞる蛍光の小さな島の岬の続き

夏の醱酵止められぬまま漂うの　脱ぎ捨てる波、きみの生え際

江の島が隠れた朝のベランダを覆う霧さえ海でした、ママ

人知れず成長止めた葉を手折り途切れ途切れの鼻歌つづく

指で拭う海だったもの　真夜中の嵐に濡れたゴムの葉の塩

傘の骨、折れていきます横顔がきれいな犬の窓辺のあくび

増えすぎた灰色の海の境にてペットボトルの蓋をゆるめる

もう君は見知らぬ駅よ五千歩も迷ったあげく潮風となり

南から暴風が吹き目覚め出すシマトネリコの新芽の柔《やわ》さ

木苺の酸味　あなたに手渡されしばらく封をきれない手紙

目覚めても昨夜のひとの額から水平線の匂い　まぶしい

ゆるやかな記憶喪失たそがれにあなたの影が浮かぶまでの間

青白い銀のユーカリ忘れたいほどの嵐に青を手放す

ＳＰＦ50の喪服　睫毛まで砂だらけのまま「椰子の実」歌う

さよならの等価交換　プリズムとプリズムが生む色のない虹

砂丘

恐らくは彼は覗いたゆるやかに透過していく人々の生

エスケープクローズへサインあの人はわたしの背骨あなたの小指

あの子なら祈るだろうと抜き出した砂丘の背から二本の骨を

横顔を憂う九月の酔芙蓉ここは砂丘の鬣でした

落ちそうな鼈甲色の三日月は孤独な幹線道路に似合う

振り向けば傷つくほどに仄白く通り過ぎゆく彗星のひと

じたばたと足を動かす水中で暮らしていたらいらない足を

ひとりきり沈む浴槽不自由を確かめたいのに浮力が邪魔で

音もなく揺れるねむの木たましいの寝息だと思う　左手が痛い

横顔が寂《さび》しいひととつまらない冗談を言い見つめ合い咳

ロープウェイ　浮遊していたあなた思う二時間待ちの待合室で

別れたら漂う海は広かろう救命ボートで詩を口ずさむ

一滴の輝き　祖母が舐めとった夏のつららのような吸いのみ

走れなくなった夏から鬼のままいつまでも夏至なんどでも夏至

モノクローム

顔の白い私は取り残されてしまうドアの向こうは豪雨でしょうね

読みかけのページに指を挟むようモラトリアムの夕暮れに立つ

黒々とページを埋め尽くした文字の行間にある果てしない白

梅雨なのに曲がったままの傘の骨正しさを説く肩を濡らすの

収まりの悪い感情砂を吐く浅蜊沈める五センチの海

海沿いの金属はみな錆びている見知らぬ駅のイントネーション

Ｃｔｒｌ《コントロール》＋Ｓ《エス》を押さずに起き上がり夢は記憶となれず失せゆく

くるおしいほどの焦燥には雨をトムソンガゼルの群れと東へ

言い訳をボートに乗せて櫂を漕ぐ湖の秋、左側から
「横顔の静寂をまだ愛してる」打ち寄せる波　誤訳の字幕

少 女

どうしようもないことをしよう（内緒だよ）成長痛とともに芽吹く芽

そこらじゅうで自分の写真を撮る少女たちの自我とか自尊の事情

恥じらいの密度のような砂瓤《さじょう》たち檸檬をもいだ匂いの日記

無意識に抜いた睫毛が真夜中の焦燥感のはじまりなんだよ

雨音が鼓膜の奥から響くとき飛ばない蝶の翅は震える

唇や舌の重なりあう空き地　解けない夏のルービックキューブ

少女らは互いの背《せ》なに手をまわし群青に晒す制服の裾

スフィンクスは来るものみんな食い殺し次のなぞなぞ作るたび泣く

少年のボストンバッグが運ぶもの紐のちぎれたアディダスと骨

海に住むひと

「そういえば命日だった」七階の物干し竿の端っこに月

たゆたえばまた会えますか塵越しに見つめ続けたただの浮子でも

サイレンと裏返る春聞く夕餉　爪の間のきぬさやの匂い

人肌より五、六度高いお湯のなか胎児のポーズ　深い呼吸を

眠る前タオルケットを巻きつけて育ったからだ恨めしく思う

蜩と途切れ途切れのアナウンスあの日迷子になったのはだれ?

はじまりがわからないまま旅にでて忘れ物だけ君にあげるわ

目が覚めて凍っていたら溶けるのは百年くらい先でかまわぬ

そこはかとなく疑う癖、夕方が長くなるほど耳を塞ぐの

重い肌ズルリと脱皮したような朝だったのです、水音のなか

眼《まなこ》から寄せては返し溢れゆく魚のいない海に住むひと

借り物の後部座席と首都高へ私の体温すこし手放す

迎え入れ見送るようにあらわれた青いトンボはあなたでしたか

私だけ遺していくなと旅先でねだったアイス舐めながら請う

天才が打ちひしがれてしたためたサインのようにのたくった文字

「もう夏は疲れましたね」あの日々はお元気ですか、また会えますか

アイロンを上手にかける気分にはハンカチ一枚分もなれない

溶けるまで忘れないでと言うきみの雪で墓標を作る三月

「小さくて聞こえないよ」と位牌のない私の胸に手のひらをおく

まぼろしの子

働くとお金がもらえるだけの日々しゃがれた父の声とほおずき

嘘ではないしかし真実とは言えないやかんがわめく前の静寂

美味いってあっとうてきな正しさよこのすだれ麩にからむお出汁も

光っている　光に席を譲り立つ妊婦に宿る光、光に

イカのげそが暴れまわったように煮え今日のいのちの数をかぞえる

私には強請《ねだ》ることなく母にだけ父は請うたの　腎臓ひとつ

のっぺらぼうの箸の先からこぼれゆく冷やしただしのきゅうりの青さ

薄くなる石鹼ふくらむ後悔とはらわたの匂い　煮上がる鰯

鰐という強靭な歯と顎をもつ臆病な子を抱いていた母

だんごむしの形を知らぬだんごむし背骨のどこか軋む寝返り

父さんの夢を見ました（あさぼらけ）胸騒ぎだけ夢じゃない夢

躊躇《ためら》って舌へのせると雨が降るチーズの黴は青い断層

みとちゃんのおもさの残る右腕にまぼろしの子のおもさのりんご

温もりをわけあいたいのはきみだけよ今日のにおいはサーカスのにおい

驟雪

薄く切るシュトーレンから死の匂い　まだ甘いわね、生き返るわね

盲目の象のまばたき驟雪がまなこに入り溶けるまでの間

夕闇の擬態を分けあいたい背中トーテムポールのくちびるを塗る

今日までのさみしさを飼うさよならで振り向く犬の鼻に触れたい

フィラメント切れた電球まだ温《ぬる》くベツレヘムから声が聞こえる

由比ヶ浜に打ち上げられた郷愁とぼけた林檎を火にかける夜

呪文なら異国の言葉でかけてみよわからないまま灰になりたい

限りなく球体に近いオレンジを搾る背徳感ごと飲んで

くちびるのカーブにあてた分度器の傾斜、生涯忘れぬでしょう

延々と同じところを飛ぶ鳥の描《えが》いた円の面積を解く

雨の下がよく見える席・ジャポニカの匂いのカップ・過去からの今

Ofunaとオレンジの文字点滅し見知らぬ穴に手招きされる

ロールシャッハテストの結果を読むように私の顔を窺うあなた

メロンパンの格子模様にお砂糖をちりばめているみどりのこども

隣ではスマートフォンの内側で爆発があり次は横須賀

十二月の夏日の夜の南側フォーマルハウトの正しい孤独

判別のできない音が左右から鼓膜をたたく東京の地下

寄り掛かるわたしはエスカレーターの震えで震え展翅されゆく

初夢の舳先

なめらかな可視光線の乱反射のしたお餅の無垢という色

たましいも等しく暮れる揚げたての天ぷら浮かぶつゆの静けさ

鐘の音も棚のねずみもみな眠りモーツァルトは除夜を知らない

物語る声を聴きたい真夜中に探し続ける小豆の煮方

十二月三十一日重なった本を一冊抜き出して泣く

産声は選べないことへの叫びイランの空も東京の空

金色の太平洋の向こう側まだ燃えている街を教えて

樟脳の匂う着物へ袖通すわたしのことを慈しむ絹

つかまえた父の腕には、だきしめた母の肩には、うつくしい旗

粕漬けのほたてを焼けば香ばしく襦袢が肌になじむ夕暮れ

まどろみに真冬のカーブ初夢の舳先で探す北斗七星

汀

きみをめくる乾いた指を湿らせる冬の躊躇い奥付に触れる

月はすぐ大きくなるわ　海行きのバスを待つたび白くなる息

枯れている花から花の匂いして「こんな風にね、消えていきたい」

眼《め》の白い海溝の鮫を呼ぶような仄暗い寝室のハミング

巣を作る場所がないのね子を作る術がないのね鵺の繁殖

一滴も流さずに泣くやまびこは体を持たぬ弟を呼ぶ

眉尻の小さなほくろが好きだった雲間にのぞくカラス座のガンマ

薪をくべ火を近づけるあなたには燃え移るまで見えない炎

生きている人の体は温《ぬく》いから睫毛の雪は雪じゃなくなる

「凍てる」とはただ一点が痛むこと「冬」は鼻腔の奥で決めます

朽ちかけた家屋の庭で梅が咲く亡骸のない猫の鳴き声

夜更けにはうつくしいひとりしりとりを彗星・一時停止・疾走

ささやきがざわめきになるハウリング五十二Hzの鯨を探す

二億年前はサンゴ礁だった石ただそこにある美しい時

暗がりで覚めると消える朝の夢だれか汀《みぎわ》で帆を張っていた

あとがき

毎年、「こんなにも暑い日に生まれてきたのだろうか」と思う。炎天下の温《ぬる》い風、重なり響く蟬の声、立っているだけで顎へ滴ってくる汗を拭いながら影のない道路を歩くと、ふいに懐かしさが込み上げる。それは、時間軸が記憶の底と混ざり合うような懐かしさであり、私はいくつものいつかの夏を思い出しながら、決して思い出すことのできない夏に思いを馳せる。

短歌を詠むことは、この感覚と近しい。過去と未来、事実と虚構、理想と夢想、現実と記憶の境が揺らぐ感覚。揺らぎのなかで生まれた歌は、私にとって偽らざるものだ。

兎角、人は正解や真実を求めがちだと思う。謎を解きたい、嘘を見抜きたい、騙されたくない、しかし、欺くことや装うことに対しては無自覚であったりする。文学や芸術は想像を用いて真実を語ろうとし、実際の出来事から架空の世界を生み出しもする。嘘には美しいものと醜いものがあり、正直さにも優しいものと酷《むご》いものがある。

短歌を詠むとき、私はそういったものの狭間でゆらゆらと揺らぐ。

本歌集に収めた四四八首は、私であり私ではない。しかし、作中主体という点で、明確に私ではないと規定し詠んだ歌であっても、私の一部によって生まれたものであることは疑いようもなく、結局、すべての歌は私へと返ってきた。歌稿整理を開始し、収録歌を選び、初校・再校と進むごと、繰り返し数百首の自作短歌と向き合い続ける時間のなか、ぐるぐると巡りくる言葉にしがたい居心地の悪さと無根拠な愛しさに、短歌が「私性」の文学であるといわれる所以を垣間見たように思う。

私に歌集を出すよう勧めてくれたのは、父の歳の離れた姉・百歳になる伯母であり、私に東京歌壇への投稿や塔短歌会への入会を勧めてくれたのは、短歌を読まない友人と初めての短歌の友人だった。それまで、私は歌を詠むことばかりが好きで、誰かに読んでほしいと思ったことはなかった。いつだって、自分のためだけに詠んでいたからだ。

私には会いたいけれど会えない人が幾人もいて、記憶のなかの面影が薄れていくほど、目の前にある景色のなかに面影を探してしまう。短歌はタイムマシーンであり、六道の辻であり、黄泉比良坂であり、陽炎の奥を走る子どもの姿をいつかの自分として映し出す特殊装置でもあるのだと思う。私の歌のなかには、会えない彼らが少しずつ現れては消える。そのことを、ただの幻であるとは切り捨てないで欲しい。短歌となった幻は、確かな手触りを持って私に触れてきてくれる。

私が私のために詠んだ短歌を、誰かの目に触れさせることは、なんだか怖い

――いや、怖くはないか。では、恥ずかしい――いや、恥ずかしくもないな。そう多分、すこしだけ切ないのだ。

一方で、私のための短歌が歌集となることで、誰かの目を通して私のものだけではなくなるかもしれないことを思うと、密やかに胸は高鳴りもする。

歌集出版にあたり、島田先生、青磁社・永田様、装幀・野田様、校正・竹内様、たくさんのわがままを受け止めてくださった人々に、感謝いたします。

二〇二〇年八月十七日

いつだってあの夏に繋がっている誕生日に

中森　舞

歌集　Eclectic

初版発行日　二〇二〇年十一月二十二日
著　者　中森　舞
定　価　二二〇〇円
発行者　永田　淳
発行所　青磁社
京都市北区上賀茂豊田町四〇－一（〒六〇三－八〇四五）
電話　〇七五－七〇五－二八三八
振替　〇〇九四〇－二－一二四二二四
http://www3.osk.3web.ne.jp/~seijisya/

装　幀　野田和浩
印刷・製本　創栄図書印刷

ISBN978-4-86198-479-2 C0092 ¥2200E